Un Pequeño Libro Sobre SENTIMIENTOS

A Little Book About FEELINGS

Del galardonado / *From the award-winning*
"RUBY'S STUDIO:
THE FEELINGS SHOW"

ito por / *Written by*: Abbie Schiller
antha Kurtzman-Counter

.do en el guión por / *Based on a screenplay by*:
Vanderzee, Samantha Kurtzman-Counter
bbie Schiller

ño del personaje / *Character design*: Hine Mizushima

ño del libro / *Book design*: Ken Pelletier

ño en español por / *Design in Spanish by*: Maral Petrus

lucido por / *Translated by*: Evelyn Juarez & Josué Guaján Orellana

olaboración con / *In collaboration with*: Child Care Resource Center

www.themotherco.com

Impreso en Malasia / *Printed in Malaysia*
by Tien Wah Press May 2018
1st edition - BkLitFeelSp20181
Library of Congress Control Number: 2018934482

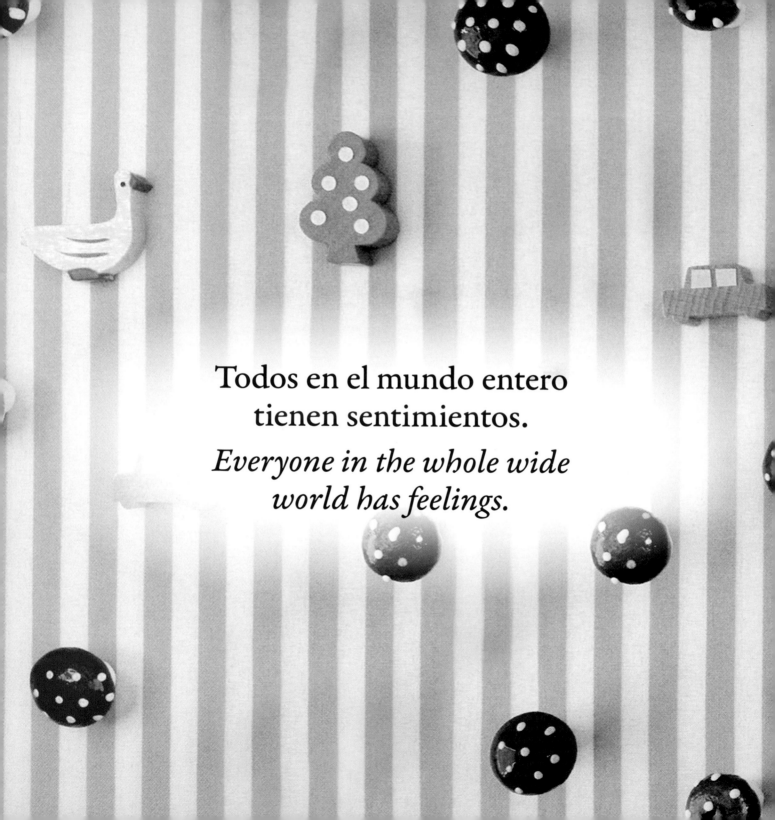

Todos en el mundo entero
tienen sentimientos.

*Everyone in the whole wide
world has feelings.*

Bebés
Babies

Personas grandes
Big people

Personas pequeñas...
Little people...

¡También las mascotas tienen sentimientos!
Even pets have feelings!

Los sentimientos son reacciones a cosas que están sucediendo alrededor y dentro de nosotros.

Feelings are reactions to things going on around and inside us.

Nuestro cerebro envía mensajes a nuestros cuerpos, haciéndonos sentir cosas diferentes.

Our brain sends messages to our bodies, making us feel different things.

Puedes ver los sentimientos en caras y cuerpos.
You can see feelings on faces and bodies.

O puedes usar palabras para expresarlos.

Or you can use words to express them.

Si compartes tus sentimientos, otras personas pueden responder a ellos.

If you share your feelings, other people can respond to them.

¡Se siente muy bien, cuando la gente nos entiende!

It feels so good when people understand us!

Escucha lo que tus sentimientos te dicen.

Listen to what your feelings tell you.

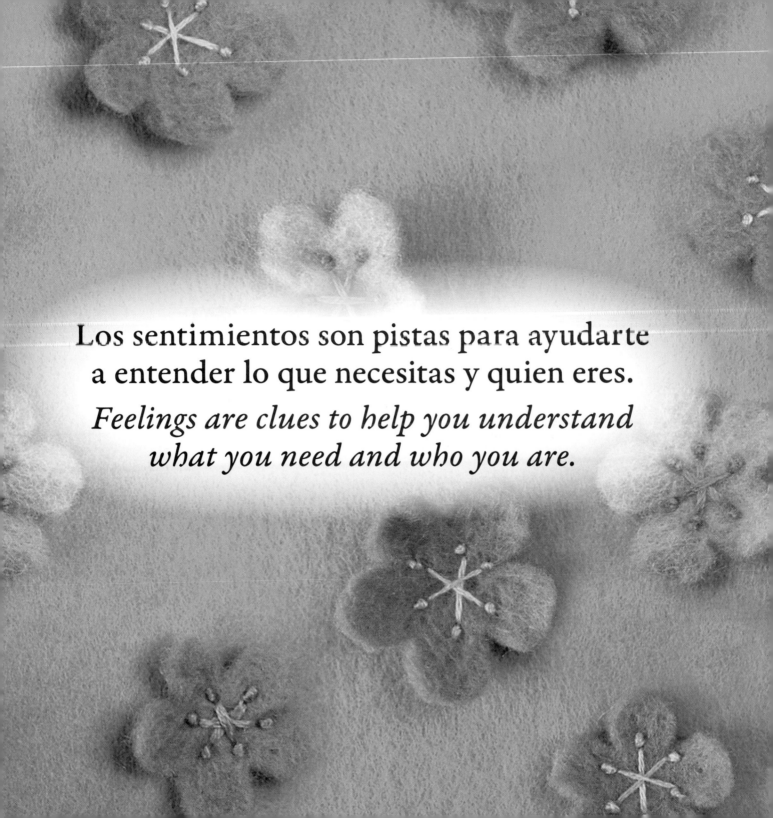

Los sentimientos son pistas para ayudarte a entender lo que necesitas y quien eres.

Feelings are clues to help you understand what you need and who you are.

FELIZ
HAPPY

EMOCIONADO
EXCITED

CURIOSO
CURIOUS

ORGULLOSO
PROUD

PREOCUPADO
WORRIED

TRISTE
SAD

FRUSTRADO
FRUSTRATED

ASUSTADO
SCARED

SORPRENDIDO
SURPRISED

Tenemos muchos sentimientos
y cambian a lo largo del día.

*We have so many different feelings
and they change all day long.*

Cuando compartimos nuestros sentimientos y otros nos entienden...

When we share our feelings and others understand us...

Nuestros corazones se sienten llenos...

Our hearts feel full...

... de AMOR.
... of LOVE.

Una Nota para Padres y Maestros

Uno de los trabajos más importantes que tenemos como padres y educadores es brindarle al niño/a una comprensión básica de los sentimientos. Muchos de nosotros hemos visto de primera mano cómo disminuyen los berrinches y mejora la cooperación cuando los niños son capaces de comprender y expresar de manera efectiva lo que sienten. Investigaciones muestran que ayudar a los niños a desarrollar la alfabetización emocional antes de los cinco años de edad los prepara para tener más éxito en la escuela, las relaciones y la vida en general.

En este libro, alentamos a los niños a reconocer la amplia variedad de emociones humanas para ayudar a establecer la empatía y la compasión ("todos en el mundo entero tienen sentimientos"). A los niños les resulta confortante saber que los sentimientos son transitorios y que no durarán con ellos para siempre. ("Tenemos tantos sentimientos diferentes y cambian todos los días"). Además, se benefician al saber que, universalmente algunos sentimientos son "dolorosos e incómodos" y algunos son "ligeros y cálidos", pero todos son buenos.

Nuestros hijos pueden ser mejor entendidos - y en cambio, sentirse más amados - por medio de aprender a cómo reconocer, expresar y moverse apropiadamente a través de sus sentimientos. Después de todo, "cuando compartimos nuestros sentimientos y los demás nos entienden, nuestros corazones se sienten llenos de amor". ¿No es eso cierto para todos nosotros?

— **Abbie Schiller & Sam Kurtzman-Counter, The Mother Company Mamas**

Guiados por la misión para "Ayudar a Padres a Instruir a Buenas Personas," The Mother Company ofrece a padres consejos de expertos de clase mundial en TheMotherCo.com, al igual que en la línea de productos galardonados para niños de "Ruby's Studio."

A Note to Parents and Teachers

Giving a child a basic understanding of feelings is among the most important jobs we have as parents and educators. Many of us have seen first-hand how tantrums subside and cooperation improves when children are able to effectively understand and express what they feel. Research shows that helping children develop emotional literacy before age five sets them up for more success in school, relationships, and life in general.

In this book, we encourage children to recognize the wide range of human emotions in order to help establish empathy and compassion ("everyone in the whole wide world has feelings"). Children find it comforting to learn that feelings are transitory and will not stay with them forever ("we have so many different feelings and they change all day long"). In addition, they benefit by knowing that universally some feelings are "achy and uncomfortable" and some are "light and warm," but all are ok.

Our children can be better understood – and in turn, feel more loved – by learning how to appropriately recognize, express and move through their feelings. After all, "when we share our feelings and others understand us, our hearts feel full of love." Isn't that true for us all?

— Abbie Schiller & Sam Kurtzman-Counter, The Mother Company Mamas

Guided by the mission to "Help Parents Raise Good People," The Mother Company offers world-renowned expert advice for parents at TheMotherCo.com, as well as the "Ruby's Studio" line of award-winning products for children.

AYUDANDO A PADRES A FORMAR BUENAS PERSONAS CON LIBROS Y VIDEOS GALARDONADOS Y DIVERTIDOS

HELPING PARENTS RAISE GOOD PEOPLE WITH FUN, AWARD-WINNING BOOKS & VIDEOS

La Serie de Sentimientos
The Feelings Series

La Serie de Seguridad
The Safety Series

La Serie de Amistad
The Friendship Series

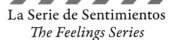

EMMY WINNING SERIES

5 stars!
- Common Sense Media

A LAS NOVEDADES EN / SEE WHAT'S NEW AT
BYSStudio.COM

¡PRESENTANDO LA SERIE DE HERMANOS!
INTRODUCING OUR SIBLINGS SERIES!